봄날 작은 행복

- 염은화 시집 -

봄날 작은행복

초판 1쇄 발행 2023년 9월 1일

지은이 염은화 · 발행인 권선복 · 편집 권보송 · 디자인 박현민 · 전자책 서보미
마케팅 권보송 · 발행처 도서출판 행복에너지 · 출판등록 제315-2011-000035호
주소 (157-010) 서울특별시 강서구 화곡로 232 · 전화 0505-613-6133 · 팩스 0303-0799-1560 ·
홈페이지 www.happybook.or.kr · 이메일 ksbdata@daum.net

값 17,000원

ISBN 979-11-92486-90-1 (03810)

도서출판 행복에너지는 독자 여러분의 아이디어와 원고 투고를 기다립니다.
책으로 만들기를 원하는 콘텐츠가 있으신 분은 이메일이나 홈페이지를 통해 간단한 기획서
와 기획의도, 연락처 등을 보내주십시오. 행복에너지의 문은 언제나 활짝 열려 있습니다.

목 차

제1장
은화의 삶

염은화·10

고양이·12

무제·14

선물·16

귀뚜라미 소리·18

사랑이여·20

삶·22

마을 속에서·24

그날·26

젊은 날의 상처·28

작은 행복·30

엄마께·32

겨울 이야기·34

황진이·36

제2장
봄날

노래·40

라디오·42

바람 부는 날에·44

달맞이꽃·46

은행나무·48

나비야·50

산책·52

인간사·54

고독·56

내 님·58

산국화 향기·60

노을·62

인연이란·64

사랑·66

책 읽기·68

내 친구 깐돌이·70

제3장
나의 님

벚꽃나무 아래·74

내 님의 사랑은·76

나의 스승님·78

그리움·80

한 사람·82

내 사랑·84

추억 속·86

님과 함께해요·88

산속·90

음악처럼·92

비 내리는 새벽·94

님·96

봄비·98

첫차·100

봄밤·102

가난 속의 풍요·104

여름날·106

비 오는 날에·108

햇살 가득한 날·110

나의 님 생각·112

기도하는 시간·114

님을 향한 마음·116

제4장
좋은 시(詩), 함께 나눠요

행복을 부르는 주문·121

긍정의 힘·122

아름다운 사람·124

시간의 마디·126

마음잡이·128

인생은 복습·130

행복한 사람·131

사슴·132

내 가슴에 장미를·133

엄마야 누나야·134

못 잊어·135

진달래꽃·136

모란이 피기까지는·138

돌담에 속삭이는 햇발·140

해바라기 얼굴·141

오줌싸개 지도·142

세월이 가면·144

구름·146

호수(湖水) 1·148

산 넘어 저쪽·150

광야(曠野)·152

청포도·154

사랑·156

님의 침묵·158

나룻배와 행인·160

봄날
작은 행복

– 염은화 시집 –

도서
출판 **행복에너지**

제 1 장

은화의 삶

염은화

사랑 한 방울
똑 떨어져
차랑차랑 파문을 일으키는 것처럼

나직나직
가슴을 감싸주는
음악 소리 들으며

나와 당신, 우리 모두
마음의 상처가 아물 수 있도록
기도드립니다

고양이

길 가다가 만나는
고양이가 예뻐서
"야옹아" 하고 불러 봐요

좋아하는 고양이
길 지나가다 보고
강아지를 산책시키고

하늘 한 번
바라보며
푸른 자유를 느껴요

무제

산다

웃는다

눈물짓는다

참회하며

용서를 빈다

선물

당신께
음악을 드리겠어요

가난한 나는
드릴 게 적어요

가진 게 없기에
작은 우정 나누는

음악 같은 친구로
지내기로 해요

귀뚜라미 소리

귀뚤귀뚤
가을밤 울려 퍼지는
귀뚜라미 소리에
책이 많이 읽고 싶어집니다

엄마의 병환이 깊으셔서
기도와 일로 하루를 보내고
사람들 속에서 힘들어도
내 사랑 엄마께 효도하며 살겠습니다

사랑이여

님의 향기는 아름다워
눈가를 적시게
미소가 피어나게 해요

나 이제
님을 기다리며
살고자 합니다

음악을 들으며 기도하고
도인이 되어 농사를 지으며
님의 사랑을 영원히 꿈꿉니다

삶

세상에는 하 일도 많고
그 어지러운 세상 속에서

높고 낮은 마음으로
삶을 살아갑니다

내 삶이 힘들어도
입 쭉 내밀고 불평하지 않으면서

열심히 열심히
살고 싶습니다

22

마을 속에서

벚꽃이 피고 꽃잎이 떨어지는 날들에
공원을 걸으며
감자와 먹을 것을 사러 갑니다

나는 문둥이처럼 살고 있다.

울음 퍼지는 날에는
한없이 웁니다

25

그날

슬픔이 힘없이 올 때
고통 속에서 죽었다 살아날 때
아픔도 스승이 되어 준다는
어설픈 삶도 알게 되었습니다.

사람 사이에는 보이지 않는
유리벽이 있습니다.
간사하고 사악한 마음으로
나쁜 짓을 서슴없이 저지르는
교활하고 어리석은 사람들이 있습니다.

나쁜 업으로 죄를 짓기에
형벌을 받습니다
자신을 지키고 남의 삶을
짓밟지 마십시오
자신을 지키고 남의 삶을
짓밟지 마십시오

27

젊은 날의 상처

가슴이 아파옵니다
한번 저지른 실수로 사람들에게
상처를 많이 받습니다.

신께 기도드립니다.
이 아픔을 가져가라고.

신이시여,
사람들을 좋아하게 해주십시오

아물지 않은 상처를 다독이며
모든 사람의 행복을 빕니다

작은 행복

일상에서의 일들을
행복으로 느끼며 생활하게 해주세요

엄마의 일을 돕는 설거지며 방 청소를
야무지게 할 수 있게 해주세요

밭두둑에 피어있는
봄꽃들을 보면

마음이 따스하고 평화로워요.
아, 나만의 작은 행복!

엄마께

엄마
내가 맛있는 음식 만들어서
엄마 밥 맛있게 드시게 해드릴게요

엄마
살아생전 불효한 죄로
죽은 후에 후회하며 울지 않고

엄마
제가 해줄 수 있는 거는
정성을 들여서 꼭 잘해 드릴게요

엄마
너무 걱정하지 마세요.
부지런히 일 도와 드리며
기쁘게 해드릴게요

엄마
사랑합니다
사랑합니다

겨울 이야기

한겨울에도 양지바른 밭에는
민들레 풀씨가 있어요

겨울바람에도 흩어지지 않고
아름답게 피어있어요

뒤뜰에서 겨울햇살 받고
살아있음에 감사하고 왔어요

황진이

시를 쓰던
당대 최고의 기생 황진이처럼,

저 또한
시인으로 살다 가고 싶어요

제2장

봄 날

노래

꿈을 노래하면 꿈이 이루어질 것이다
가슴속에 수많은 말들이
노래를 부르면 들리지 않는다

산이 있고
계곡물 흐르는 소리 듣고 있으면
나도 자연스레 노래 부른다

희망을 노래하면 흰 구름이 떠간다
산새들도 즐거이 노래 부른다

사랑가를 노래 부르면
님도 서러운 마음 달래줄지 모른다

라디오

오후 1시가 되면 AM에서
좋은 음악을 많이 들려준다.

툇마루에 햇살이 따사로워
한적하게 앉아 있으면 행복해진다

언제까지나 행복 속에서
라디오를 들으며 삶의 의미를 되새겨본다.

자신을 되돌아보는 시간을 가지며
평화로운 한낮 명상도 많이 하리라

바람 부는 날에

휘리릭
바람이 분다
내 마음은 낙엽이 되어 날아가고 싶다

살아간다는 것이 두려워도
막걸리 한잔으로 인생을 노래하고
괴로움을 바람 속으로 날려 보낸다

산수유꽃이 피는 봄에는
꽃나비가 되어
님 찾아가야지.

애타게 기다리면
꿈같은 사랑이 스르르
이루어질 것 같다

45

달맞이꽃

달맞이꽃 활짝 웃고 있는 한여름 밤
나 홀로 잠 못 이뤄 가슴앓이할 때
달맞이꽃 같은 달님이 그리워진다

죽어버린 육신과 마음은
소망의 촛불 밝혀
눈물이 흘러내리는 날이 잦아진다

나의 울음은 달빛이 그윽한 산골에
매정한 사랑에 시든 꽃잎이 되어버려 지친다

님 곁에 늘 살고만 싶다

새벽이 오기까지 달맞이꽃 속삭임에
풀벌레 소리 무심히 듣다가
알 수 없는 아주 높으신 아름다운 님을

매정하고 차가운 눈길에
구슬피 우는 새가 되어
방황의 나그네가 되어버렸다네

나는 바보 같은 사랑을 한다

은행나무

10월의 어느 가을날
노오란 은행 나뭇잎들이
가을바람에 계곡물 속에
잎을 담갔다

은행 열매 주워서
천식에 좋다 하여
이웃집 할아버지 할머니 사는 집에
갖다 드리곤 했다

산새들이 천사처럼
고운 노래 부르며
꿈꾸는 나무처럼 가을을 외롭지 않게
어여쁘게 반겨준다

나비야

고양이
나비
노란 고양이 옛날에 키웠지

사람처럼 착하고
예뻤던 고양이
잊지 못하네

셋방 살 때 교통사고로 죽었지
시신은 버리고 가을 구절초꽃 꺾어다가
바닷가에 띄워 보냈네

너무나 슬퍼서 따라 죽고 싶었지
사랑했으므로 하늘나라 가서 좋은 몸 받아
잘살고 있으리라

산책

햇살 내리쬐는 오후
바닷길, 산길, 숲길, 마을길에 앉아서
가을 햇볕 쬐고 있습니다

강아지랑 함께 시골길을 걸었습니다
강아지는 내 친구
훌륭하기만 하고 참 좋은 친구지요

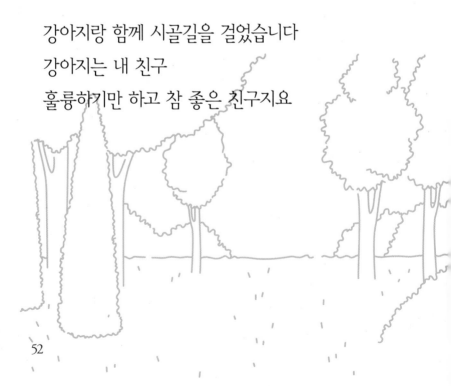

인간사

내 님의 사랑
영원한 사랑
보이지 않는 내 님 얼굴이 보고파요
님의 사랑이 있어 나 살아요

한세월 풍파 속에
속고 속이는 인간사
간사한 인간사 속에서 힘들게 살아가도
님의 사랑이 있어 나 살아요

고독

고독이라는 친구와
외로운 이들과

도란도란
이야기 나누며

소박하지만
외롭지 않다네

내 님

고요히 눈을 감고 있으면
내 님의 아름다웠던 모습들이 떠오릅니다.
좋은 추억들을 고이고이
평생토록 간직하길 바랍니다

곰곰이 생각하면 지혜가 생기네.
나는 며칠 사이 마비 상태
괴로운 날들이여, 다시는 돌아가지 않으리라
고통의 시간들은 내게 무얼 주는가?
사람이 사람을 미워하고 증오하는 세상
내 인생은 무의미하기만 하구나

한숨이 절로 나오네
눈물이 흐르네

산국화 향기

산국화를 보면
사랑하는 님을 하염없이
기다리던 날들이 생각납니다
기다리며 그리운 내 님과
한평생 사랑하며 살 수 있을 것입니다

길가에 핀 산국화 향기처럼
아름다운 사람과 속삭이며 평온한 나날
나는 불행하지만
행복한 나날들을 꿈꾸며 살겠습니다

노을

깊은 산골 외딴집 흙집
겨울 추위도 잊은 듯
홀로 돌담 벽에 서서
개울물에 비추는 석양을 바라보며
내 마음속에
아름다운 풍경 간직하였으니
마음이 부자가 됩니다

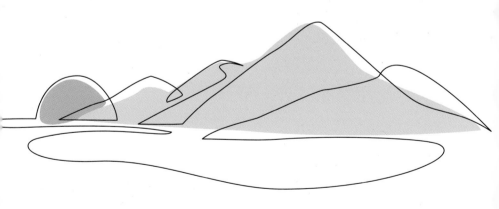

인연이란

하얀 목련꽃 보면 생각나는 님
사랑한다고 좋아하노라고 말했습니다

봄날처럼 향기로운 추억
혼자서 다시 가 본 하얀 목련 피어나던 곳

나이 들어서도 그 기억들
소중히 마음속에 간직 되어져 있기를 바랍니다

내 생애에 마지막 인연인 사랑하는 님이시여
영원히 사랑합니다

사랑

벗어버린 육체

자유 평화 사랑과 우정

잠이 오지 않는다

귀뚜라미 소리 들리고

사랑을 생각한다

책 읽기

조용히 책을 벗 삼아 살아요

한평생
책 읽고
공부하고
TV로 여행가고
라디오로 여행가며
높은 산도 오르고

자연을 벗 삼아 살아가요

내 친구 깐돌이

그대는
그대는
슬프고도 외로워

낙엽 진 가을날
학교 교정 뒷길가를 가네

숲이 어우러진 나무 그늘 아래에서
나와 함께 걷던 강아지

깐돌이가 몹시 아프네
죽음의 그림자를 벗어버리지 못하고
추운 가을날에 떠났네

내 친구 깐돌아
하늘나라 가서 좋은 사람 되어 살아다오

제 3 장

나의 님

벚꽃나무 아래

벚꽃나무 그늘 아래 앉아
벌레 한 마리 앉아

봄날 무더위 속에
님 그리워 그리워

 애만 태우네

내 님의 사랑은

영원히 변하지 않는 사랑으로
나 죽을 때까지
사랑하고 싶습니다

산비둘기 울어대는
초록빛 나무들 속 바라보니
여름의 태양빛 아래 나무 그늘 정자에 앉아

사랑하는 님과 기쁨으로 만났습니다
내 님은 삶과 일상 속에서
다시 살게 한
생명의 은인입니다

결코 시들지 않는 사랑으로
사랑합니다.
그대를 영원히

나의 스승님

평생을 당신의 사랑 잊지 않겠습니다.
스승의 은혜에 보답하겠습니다.
스승의 은혜에 사랑을 띄웁니다.

나만의 스승
우리들의 스승

스승은 내 님

우리들의 스승님
우리들의 스승님

그리움

옛날 청춘시대에 사랑했던
첫사랑
다시 찾아온 님
그리움에 찾아온 님

기도하니
미소가 꽃피운다.
영원히 죽을 때까지
사랑하리라

한 사람

나 여기 서서
그대 오시길
내 님 오시길 빕니다.

그대 있는 잠자리에
나 한밤 내내 잠들어
님 곁에서 잠들고 싶어라.

살아서 슬프랴
살아있는 동안
사랑하여라

내 사랑

님 곁에만 살고 싶습니다
그 님 만나고 싶습니다
그 님 만나고 싶습니다

스쳐 지나쳐도
님을 사랑하겠어요
꿈결에서도 사랑할래요

추억 속

세월 따라 흐르는 시간 속에서
나는 시를 씁니다.
책향기 책내음 원고지 시인으로 살아야지요

모진 풍파 속에 잊힌 풍경 속 이야기
나는 약속합니다.

시를 사랑하며 웃으며
꽃향기 맡으며 풀내음 마시며 살리라고
비닷가에서 통곡할 줄이야

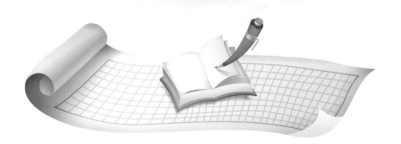

님과 함께해요

개나리가
흐드러지게
피어있는
꽃길

나는
한 마리
나비의
꿈을 꾸네

산속

졸졸졸 흐르는
시냇물 소리는
천국의 음악 소리

세월은 유수처럼 흘러가
예술가의 삶이 향기로워지고
나는 살아갑니다.

사랑하는 님과 함께
영원한 사랑 약속 지키며
사랑하고 또 사랑합니다

음악처럼

노랫가락 구성지고
시도 잘 써지고

초저녁 달빛 아래
창밖의 여자가 되어

나는 음악처럼
님을 기다린다

비 내리는 새벽

3월 봄비가 내립니다.
지금은 새벽 5시입니다.
사랑 님과 함께하는 삶은
즐겁고도 행복합니다.
더 이상 혼자가 아니에요.

하나님 사랑으로
신께 기도하며
천국의 빗소리를
새벽녘에 듣습니다

님

사랑 님과 같이 살아요.
천사 사랑 하늘나라 사랑
외롭게 불쌍한 시인에게 찾아온
영원한 사랑 님

아름다운 인연을
하늘나라 가서도
세세생생 이어 나가요
남편은 천사 남편은 사랑 님

봄비

봄날
봄비
오는 날

잠 못 드는 저녁에
시를 생각하며 다짐하네

평생을 시인으로 살아가리라
평생을 화가로도 살아가리라

첫 차

첫차 타고
꿈을 싣고

날아갈 듯
날아갈 듯

이야기꽃을
피웁니다

봄밤

소쩍새 우는 봄밤에
님과 함께 기도하는 마음 행복하다.

다시 꿈을 꾸며
늘 중얼거리며 기도합니다.

설거지를 하면서도 빨래를 하면서도
나는 기도합니다

가난 속의 풍요

시장에서 채소를
2만 원 주고 많이 사 왔습니다
2만 원에 밥상이
풍성하게 맛나게 차려집니다
돈을 아껴서 채소반찬을
엄마께 많이 해드려야겠습니다

시장 가는 길은 즐겁고 행복합니다
건강하고 맛있게 담백하고 간소하게
음식반찬을 만듭시다
고기반찬은 너무 자주 먹지 말고
조금씩 먹고요

여름날

추운 봄 날씨에
나는 한없이 작아집니다

더운 여름날이
나는 좋아라

뜨거운 햇살 아래
공원 벤치에 한적하게 앉아

여름날과
가을날을 즐길랍니다

비 오는 날에

봄비 오시는 날에
귀를 쫑긋 세우며
천국의 빗소리를 듣습니다.

음악과 함께 비처럼 음악처럼
님의 사랑
평생을 사랑하기로 약속해요

목소리 듣고파요.
전화하고파요.
그래도 참아요

다시 만날 날 기다리다
시집을 읽습니다.
만남 그 자체로도 행복한 날

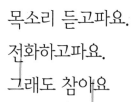

햇살 가득한 날

햇빛 쬐이는
공원에서의 점심시간
나는 좋아라

님을 가졌으니
사랑받으니
행복하여라

평생 사모하리라

110

111

나의 님 생각

스승은 내 님
사랑합니다

한동안 못 봤지만
영원한 천사

하늘 나라 사랑 영원 속으로
함께 살아가요

기도하는 시간

나를 비우는 시간
기도로 나를 채웁니다.

명상과 기도로
삶은 충만하고 행복하답니다

님을 향한 마음

해바라기꽃 피어나듯이
님 향한 내 사랑이 아름다옵고
재미나는 세상을 살아가요

한여름날의 추억 속에
님을 향한 내 사랑 님을 향한 내 님
사랑하니 행복하고
즐거운 나날의 연속입니다

미소가 피어나는 꽃처럼
살며시 웃으며 사랑하여라

제4장

좋은 시(詩), 함께 나눠요

권선복

충남 논산 출생
아주대학교 공공정책대학원 졸업
연세대학교 산학연 기술개발센터 자문위원
중앙대학교 총동창회 상임이사
자랑스러운 서울시민상 수상
2018년 TV조선 선정 대한민국을 움직이는 영향력 있는 CEO
도서출판 행복에너지 대표이사 happybook.or.kr
지에스데이타(주) 대표이사 gsdata.co.kr
대통령직속 지역발전위원회 문화복지 전문위원
새마을문고 서울시 강서구 회장
영상고등학교 운영위원장
전) 서울시 강서구의회의원(도시건설위원장)
전) 팔팔컴퓨터전산학원장

자신의 책을 세상에 내고 싶다는
작은 소망은 도서출판 행복에너지의
창립으로 이어졌다.
7년여 만에 600여 종에 달하는
도서를 출간한 중견 출판사로
회사를 발전시켰다.

행복을 부르는 주문

이 땅에 내가 태어난 것도
당신을 만나게 된 것도
참으로 귀한 인연입니다

우리의 삶 모든 것은
마법보다 신기합니다
주문을 외워보세요

나는 행복하다고
정말로 행복하다고
스스로에게 마법을 걸어 보세요

정말로 행복해질 것입니다
아름다운 우리 인생에
행복에너지 전파하는 삶 만들어 나가요

더 밝은 내일

121

긍정의 힘

권선복

우리 마음에 긍정의 힘을 심는다면
힘겹고 고된 길 가더라도 두렵지 않습니다.

그 어떤 아픔과 절망이 밀려오더라도
긍정의 힘이 버팀목 되어 줄 것입니다.

지금 당신에게 드리겠습니다.
열린 마음으로 받아들일 수 있는 긍정의 힘
두 팔 활짝 벌려 받아주세요.

당신의 마음에 심어진 긍정의 힘이
행복에너지로 무럭무럭 자라날 것입니다

아름다운 사람

권선복

아름다운 사람이 되고 싶습니다
내가 말한 말 한마디에
모두가 빙그레 미소 지을 수 있는 힘을 가진
아름다운 사람이 되고 싶습니다.

내가 보인 작은 베풂에
모두가 행복해할 수 있는
선한 영향력을 가진
아름다운 사람이 되고 싶습니다.

말보다 행동보다
모두에게 진정으로 내보일 수 있는
아이 같은 순수함을 지닌
아름다운 사람이 되고 싶습니다

시간의 마디

시간에도 마디가 있다네.
꿈을 이루기 위해 열심히 노력할 때가 있고
우정의 술잔을 높이 치켜들 때가 있고
사랑에 취해 장밋빛으로 물들 때가 있으며
그만 한바탕 꿈에서 깨어나 현실을 직시할
때가 있다네.

그 시간 마디마디에 자신만의 삶의 무늬가
새겨져 있다네
때로는 절망으로 가득 차고 때로는 희망으로
가득 찬다네

행복도 불행도 그 자리에 멈춰 있지 않는다네.
전자와 후자가 절묘하게 교차되며 빚어낸
마디마디가 세월이라네

세월마다 제대로 마디가 지면
삶도 더 단단해질 수 있다네
그 어떤 것보다 빠르게 지나가는 것,
아껴야 할 것은 시간뿐이라네

마음잡이

권선복

노을 지는 바다에
시간을 던지고 기다립니다
적요한 바다 밑으로 무엇이 지나가는지
어떤 일이 일어나는지
언제쯤 찌가 움직일는지,
이곳에서 알 수 있는 건 하나도 없습니다

빈손을 두려워하지 않으면
이 순간만으로도 행복할 수 있는 것을
어리석게도 늘 잊어버리고

늘 내일에 대한 걱정으로 오늘을 낭비합니다

기다림 끝에 매달려 올 무언가가
쪽빛으로 짙게 물든
청명한 마음이면 좋겠습니다
그렇게 바다를 향해 던진 것도 마음이요
낚은 것도 마음이면 정말 좋겠습니다

인생은 복습

권선복

삶에 있어 예습은 무용지물입니다.
인생은 누가 더 복습을
철저히 했느냐로 판가름 나지요.

미래는 확인할 수 없지만
자신만의 무늬가 또렷이 새겨진 과거는
늘 확인할 수 있기 때문입니다.

틀린 곳을 제대로 되짚지 않는 한,
어제와 다른 내일이란 존재할 수 없음을
마음 깊이 새겨봅니다

행복한 사람

권선복

어떤 상황에서든 서로를
모른 척하지 않는 일에서부터 시작됩니다,
곁을 지킨다는 것은.

행복과 불행, 희망과 절망, 기쁨과 슬픔을
반반씩 쪼개 하나씩 나눠 갖는 일보다,
멋진 일이 세상에 또 있을까요.

같은 쪽을 바라보는 길벗이 있어
먼 길도 가깝게 느낄 수 있다면,
당신은 이미 행복한 사람입니다

사슴

노천명

모가지가 길어서 슬픈 짐승이여
언제나 점잖은 편 말이 없구나
관(冠)이 향기로운 너는
무척 높은 족속이었나 보다

물속의 제 그림자를 들여다보고
잃었던 전설을 생각해 내고는
어찌할 수 없는 향수에
슬픈 모가지를 하고 먼 데 산을 바라본다

내 가슴에 장미를

노천명

더불어 누구와 얘기할 것인가
거리에서 나는 사슴모양 어색하다.

나더러 어떻게 노래를 하라느냐
시인은 카나리아가 아니다.

제멋대로 내버려 두어 다오
노래를 잊어버렸다고 할 것이냐
밤이면 우는 나는 두견!
내 가슴속에도 장미를 피워 다오

133

엄마야 누나야

김소월

엄마야 누나야 강변(江邊) 살자,
뜰에는 반짝이는 금(金)모래빛,
뒷문(門) 밖에는 갈잎의 노래
엄마야 누나야 강변(江邊) 살자!

못 잊어

김소월

못 잊어 생각이 나겠지요,
그런대로 한세상 지내시구려,
사노라면 잊힐 날 있으리다.

못 잊어 생각이 나겠지요,
그런대로 세월만 가라시구려,
못 잊어도 더러는 잊히오리다.

그러나 또한끝 이렇지요,
「그리워 살뜰히 못 잊는데,
어쩌면 생각이 떠지나요?」

진달래꽃

김소월

나보기가 역겨워
가실 때에는
말업시 고히 보내드리우리다

영변(寧邊)에 약산(藥山)
진달내꽃
아름 따다 가실 길에 뿌리우리다

가시는 걸음 걸음
놓인 그 꽃을
사뿐히 즈려밟고 가시옵소서

나보기가 역겨워
가실 때에는
죽어도 아니 눈물 흘리우리다

모란이 피기까지는

김영랑

모란이 피기까지는
나는 아직 나의 봄을 기다리고 있을 테요
모란이 뚝뚝 떨어져 버린 날
나는 비로소 봄을 여읜 설움에 잠길 테요
5월 어느 날, 그 하루 무덥던 날
떨어져 누운 꽃잎마저 시들어 버리고는
천지에 모란은 자취도 없어지고
뻗쳐 오르던 내 보람 서운케 무너졌느니

모란이 지고 말면 그뿐, 내 한 해는 다 가고 말아
삼백 예순 날 하냥 섭섭해 우옵네다
모란이 피기까지는
나는 아직 기다리고 있을 테요,
찬란한 슬픔의 봄을

돌담에 속삭이는 햇발

김영랑

돌담에 속삭이는 햇발같이
풀 아래 웃음 짓는 샘물같이
내 마음 고요히 고운 봄 길 위에
오늘 하루 하늘을 우러르고 싶다

새악시 볼에 떠오는 부끄럼같이
시의 가슴 살포시 젖는 물결같이
보드레한 에머랄드 얇게 흐르는
실비단 하늘을 바라보고 싶다

해바라기 얼굴

윤동주

누나의 얼굴은
해바라기 얼굴
해가 금방 뜨자
일터에 간다

해바라기 얼굴은
누나의 얼굴
얼굴이 숙어들어
집으로 온다

오줌싸개 지도

윤동주

빨랫줄에 걸어놓은
요에다 그린 지도
지난밤에 내 동생
오줌 싸 그린 지도

꿈에 가본 엄마 계신
별나라 지돈가?
돈 벌러 간 아빠 계신
만주땅 지돈가?

세월이 가면

박인환

지금 그 사람의 이름은 잊었지만
그의 눈동자 입술은
내 가슴에 있어.

바람이 불고
비가 올 때도
나는 저 유리창 밖
가로등 그늘의 밤을 잊지 못하지

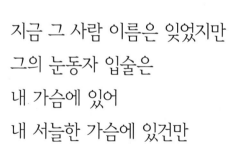

사랑은 가고
과거는 남는 것
여름날의 호숫가
가을의 공원
그 벤치 위에
나뭇잎은 떨어지고
나뭇잎은 흙이 되고
나뭇잎에 덮여서
우리들 사랑이 사라진다 해도

지금 그 사람 이름은 잊었지만
그의 눈동자 입술은
내 가슴에 있어
내 서늘한 가슴에 있건만

구름

박인환

어린 생각이 부서진 하늘에
어머니 구름 적은 구름들이
사나운 바람을 벗어난다

밤비는
구름의 층계를 뛰어내려
우리에게 봄을 알려주고

모든 것이 생명을 찾았을 때
달빛은 구름 사이로
지상의 행복을 빌어주었다

146

새벽 문을 여니
안개보다 따스한 호흡으로
나를 안아주던 구름이여
시간은 흘러가
네 모습은 또다시 하늘에
어느 곳에서도 바라볼 수 있는

우리의 전형
서로 손잡고 모이면
크게 한몸이 되어
산다는 괴로움으로 흘러가는 구름
그러나 자유 속에서
아름다운 석양 옆에서
헤매는 것이
얼마나 좋으니

호수(湖水) 1

정지용

얼굴 하나야
손바닥 둘로
폭 가리지만,

보고 싶은 마음
호수만 하니
눈 감을 밖에

산 넘어 저쪽

정지용

산 넘어 저쪽에는
누가 사나?

뻐꾸기 영우에서
한나절 울음 운다.

산 넘어 저쪽에는
누가 사나?

철나무 치는 소리만
서로 맞아 쩌 르 렁!

산 넘어 저쪽에는
누가 사나?

늘 오던 바늘장수도
이 봄 들며 아니 뵈네

광야(曠野)

이육사

까마득한 날에
하늘이 처음 열리고
어데 닭 우는 소리 들렸으랴

모든 산맥(山脈)들이
바다를 연모(戀慕)해 휘달릴 때도
차마 이곳을 범(犯)하던 못하였으리라

끊임없는 광음(光陰)을
부지런한 계절(季節)이 피여선 지고
큰 강(江)물이 비로소 길을 열었다

지금 눈 나리고
매화향기(梅花香氣) 홀로 아득하니
내 여기 가난한 노래의 씨를 뿌려라

다시 천고(千古)의 뒤에
백마(白馬) 타고 오는 초인(超人)이 있어
이 광야(曠野)에서 목놓아 부르게 하리라

청포도

이육사

내 고장 칠월은
청포도가 익어가는 시절

이 마을 전설이 주저리 주저리 열리고
먼데 하늘이 꿈꾸며 알알이 들어와 박혀

하늘 밑 푸른 바다가 가슴을 열고
흰 돛단배가 곱게 밀려서 오면

내가 바라는 손님은 고달픈 몸으로
청포를 입고 찾아온다고 했으니

내 그를 맞아 이 포도를 따 먹으면
두 손은 함뿍 적셔도 좋으련

아이야 우리 식탁엔 은쟁반에
하이얀 모시 수건을 마련해 두렴

사랑

한용운

봄물보다 깊으니라
갈산[秋山(추산)]보다 높으니라
달보다 빛나리라
돌보다 굳으리라
사랑을 묻는 이 있거든
이대로만 말하리

님의 침묵

한용운

님은 갔습니다.

아아, 사랑하는 나의 님은 갔습니다.

푸른 산빛을 깨치고 단풍나무 숲을 향하여 난 작은 길을 걸어서 차마 떨치고 갔습니다.

황금의 꽃같이 굳고 빛나던 옛 맹세는 차디찬 티끌이 되어서 한숨의 미풍에 날아갔습니다.

날카로운 첫 키스의 추억은 나의 운명의 지침을 돌려놓고 뒷걸음쳐서 사라졌습니다.

나는 향기로운 님의 말소리에 귀먹고, 꽃다운 님의 얼굴에 눈멀었습니다.

사랑도 사람의 일이라 만날 때에 미리 떠날

것을 염려하고 경계하지 아니한 것은 아니지만 이별은 뜻밖의 일이 되고 놀란 가슴은 새로운 슬픔에 터집니다.

그러나 이별을 쓸데없는 눈물의 원천을 만들고 마는 것은 스스로 사랑을 깨치는 것인 줄 아는 까닭에 걷잡을 수 없는 슬픔의 힘을 옮겨서 새 희망의 정수박이에 들어부었습니다.
우리는 만날 때에 떠날 것을 염려하는 것과 같이 떠날 때에 다시 만날 것을 믿습니다.

아아 님은 갔지마는 나는 님을 보내지 아니하였습니다.
제 곡조를 못 이기는 사랑의 노래는 님의 침묵을 휩싸고 돕니다.

나룻배와 행인

한용운

나는 나룻배
당신은 행인

당신은 흙발로 나를 짓밟습니다.
나는 당신을 안고 물을 건너갑니다.
나는 당신을 안으면 깊으나 얕으나
급한 여울이나 건너갑니다
만일 당신이 아니 오시면 나는 바람을 쐬고
눈비를 맞으며 밤에서 낮까지
당신을 기다리고 있습니다
당신은 물만 건너면 나를 돌아보지도 않고

가십니다그려

　그러나 당신이 언제든지 오실 줄만은 알아요.

　나는 당신을 기다리면서 날마다 날마다

　낡아갑니다

　나는 나룻배

　당신은 행인

파워 에너지드링크
홍삼볼

홍삼 함유로 면역력 향상
헛개농축액함유로 피로회복
과라나분말 및 비타민 B, C 함유로 에너지 보충

피곤한 일상

바쁜 일상

운동 할 때

취미활동 때

뇌건강을 UP시켜주는
브레인알파가 도움을 드리겠습니다.

- ✔ 기억력 개선
- ✔ 면역력 증진
- ✔ 피로감 개선
- ✔ 에너지 생성
- ✔ 항산화 작용

1일 1포, 언제 어디서나 간편하게 섭취 할 수 있는 똑똑한 브레인알파

- ✔ 기억력 개선에 도움을 줄 수 있습니다.
- ✔ 면역력 증진에 도움을 줄 수 있습니다.
- ✔ 피로개선에 도움을 줄 수 있습니다.
- ✔ 혈소판 응집억제를 통한 혈액흐름에 도움을 줄 수 있습니다.
- ✔ 항산화에 도움을 줄 수 있습니다.

1일 1회, 매일매일 가족이 함께 섭취하세요!

특허등록

특허등록번호: 10-2527193
항우울용, 스트레스 완화용 및 항 불안용 조성물

특허등록번호: 10-2527194
인지기능 개선용, 기억력 개선용,
스트레스 완화용 및 항 불안용 조성물

(주)티케이헬스케어 대표이사 **신지환**

중국 상해중의약대학교 중의학 학사

경희대학교 한의과대학 한방응용의학 석사

경희대학교 동서의학대학원 융합건강과학 박사

주식회사 티케이헬스케어 대표(現)

좋은 **원고**나 **출판 기획**이 있으신 분은 언제든지 **행복에너지**의 문을 두드려 주시기 바랍니[...]
sbdata@hanmail.net   www.happybook.or.kr   문의 ☎ 010-3267-6277

'행복에너지'의 해피 대한민국 프로젝트!

〈모교 책 보내기 운동〉 〈군부대 책 보내기 운동〉

한 권의 책은 한 사람의 인생을 바꾸는 힘을 가지고 있습니다. 한 사람의 인생이 바뀌면 한 나라의 국운이 바뀝니다. 그럼에도 불구하고 많은 학교의 도서관이 가난하며 나라를 지키는 군인들은 사회와 단절되어 자기계발을 하기 어렵습니다. 저희 행복에너지에서는 베스트셀러와 각종 기관에서 우수도서로 선정된 도서를 중심으로 〈모교 책 보내기 운동〉과 〈군부대 책 보내기 운동〉을 펼치고 있습니다. 책을 제공해 주시면 수요기관에서 감사장과 함께 기부금 영수증을 받을 수 있어 좋은 일에 따르는 적절한 세액 공제의 혜택도 뒤따르게 됩니다. 대한민국의 미래, 젊은이들에게 좋은 책을 보내주십시오. 독자 여러분의 자랑스러운 모교와 군부대에 보내진 한 권의 책은 더 크게 성장할 대한민국의 발판이 될 것입니다.